AF578699

DESCONECTADOS

ExLibric

VIVIANA ECHENIQUE

DESCONECTADOS

EXLIBRIC
ANTEQUERA 2023

DESCONECTADOS

Diseño de portada: Dpto. de Diseño Gráfico Exlibric

Iª edición

Editado por: ExLibric
c/ Cueva de Viera, 2, Local 3
Centro Negocios CADI
29200 Antequera (Málaga)
Teléfono: 952 70 60 04
Fax: 952 84 55 03
Correo electrónico: exlibric@exlibric.com
Internet: www.exlibric.com

ISBN: 978-84-19827-32-6
Depósito Legal: MA 820-2023 3

Nota de la editorial: ExLibric pertenece a Innovación y Cualificación S. L.

VIVIANA ECHENIQUE

DESCONECTADOS

Prólogo

Esta es una novela continuación de la historia de *Sombras del pasado,* en la cual a la protagonista, Leticia, le han roto el corazón y está tratando de superar esa relación ya finalizada. Diego está escapando de su pasado. Ambos se encuentran en un viaje, se enamoran y juntos enfrentan a las sombras de su pasado.

Esta historia comenzó hace tiempo, enfrentaron juntos muchos obstáculos y ahora ya están casados. Viviendo juntos, la vida les pone a Leticia y Diego una tragedia en el camino. ¿Cómo era posible que dos individuos que se querían tanto no pudieran salir juntos adelante? Su dolor los llevó a separarse y superarlo de manera diferente.

Este libro es la historia de dos enamorados, de una familia rota por culpa de un dolor muy grande. Cuando empecé a escribir este libro, no encontraba palabras que expresaran el sentimiento de los protagonistas. Un miedo de no saber cómo expresar y cómo terminar la historia. Es un poco difícil para mí, con poca trayectoria profesional, abrirme un espacio en esta materia, pero son tantas las ganas que tengo de expresarme y compartir contigo esta historia que estoy segura de que te va a ayudar, y por ello me dije: «Vamos para adelante». Me ha servido de impulso intentar ayudar en su camino a otras personas que han pasado por este dolor.

Esta es una historia de amor, de lucha, de resistencia; puede ser triste, pero, lamentablemente, es algo cotidiano, que les pasa a muchas parejas en el mundo.

Esta historia es ficticia, pero las pocas pinceladas que tiene de realidad hacen que te puedas identificar con ella. En estas páginas verás que todo puede cambiar de la noche a la mañana, sin casi darte cuenta.

Esta historia es la de un matrimonio. Ambos querían ser padres y lo lograron. Eran felices y, de repente, la vida les arrebató a su hijo adorado. Este es el relato de una pareja que sufre ese dolor de manera diferente, que no sabe cómo superarlo y todo se le complica. Su mundo de repente cambió.

Esta historia es de las que empiezan mal, para después continuar mejorando de una forma lenta y realista. A veces las cosas que más prevemos son las que nunca llegan, y lo inimaginable lo tienes delante. ¿Te atreves a formar parte de ella? ¿Crees que aguantarás hasta el final? Espero que la leas.

Las situaciones de la vida no vienen solas; junto con ellas llegan una serie de experiencias que, aunque dolorosas, van haciendo que las personas vayan avanzando, creciendo, madurando o, por el contrario, pueden acabar contigo a la primera de cambio.

Espero que con esta historia pueda ayudar a muchas personas y que pueda significar el fin de muchas cosas.

Capítulo 1

Al lado de la vieja casa de los padres de Diego habían comprado una casa Leticia y Diego, y ahí vivían desde hacía unos años. La gente del pueblo más cercano lo consideraba un lugar aburrido para una pareja joven.

Aquellos que la conocían comentaban que Leticia, que escribía, había sido muy boba al rechazar el ofrecimiento de un puesto en un diario de la capital. Echar por la borda una oportunidad tan buena como esa… Pero como tenía ideas muy definidas sobre lo que le hacía feliz, no pensaba que la vida que llevaba con Diego fuera aburrida ni que había perdido una gran oportunidad por haber elegido quedarse allí.

Sin embargo, un año atrás todo había cambiado. Diego se entretuvo casi toda la mañana en el tambo. Había salido a juntar las vacas de madrugada para empezar a sacar leche temprano. Durante toda su vida recordó aquella mañana muy vivamente, tal vez porque terminó temprano (eran casi las diez y unos minutos cuando terminó la tarea), pero más probablemente por lo que sucedió al regresar a su casa.

Fue en uno de esos días calurosos de principios de febrero. Gaspar había estado todo el día recostado a la sombra de un árbol. Leticia estaba sentada en el porche tomando mate, observando el paisaje con mirada perdida.

Diego regresó a su casa. Bajo las columnas del porche, que olían a flores frescas, estaba Leticia esperándolo.

—¿Qué quieres? —le preguntó, y se detuvo con fastidio. Hacía tiempo que no tenían una crisis como la que estaban pasando.

—Necesitamos hablar —dijo Leticia, que se mantenía en posición firme en el porche. Diego entró sin decir una palabra y se sentó en una de las sillas, tapizada en cuero, un tanto destartalada.

—Habla —respondió con énfasis, como si estuviera enfadado por algo, mirando a Leticia fijamente a los ojos. Entonces Diego levantó la mano como si quisiera añadir algo más, pero no dijo nada. Leticia, firme, lo observó con ojos vidriosos, lo siguió con la mirada y esperó un instante antes de hablar.

—Lo nuestro llegó a su fin.

Leticia entró a la casa y se fue a la habitación. Su mirada cayó sobre el cuaderno rojo que estaba en la mesita de luz. Un instante después, sentada sobre la cama, se puso a escribir con un pedacito de lápiz.

—Debo ser valiente, no debo tener miedo a nada. La muerte no es terrible; tarde o temprano, siempre llega. Además, es como abrir y cerrar una puerta. Hay cosas hermosas del otro lado de esa puerta. Mi ángel, mi hijo hermoso, va a estar ahí esperándome.

Leticia estaba sola en la habitación tratando de sanar ese terrible dolor que parecía haberla inundado por completo y del que no podía deshacerse. Por la ventana, el verano iluminaba el jardín con un sol radiante.

Diego, aún sentado en el porche, juntó sus manos y miró el almanaque que había en una pared: 10 de febrero. Echó la cabeza hacia atrás para contar. Contaba el tiempo transcurrido de pareja.

—Cinco años —dijo en voz alta. Hacía rato que hablaba en voz alta, aunque estaba solo. Cerró los ojos humedecidos; no se movió, se quedó sentado.

Leticia se encontraba en aquella habitación donde había empezado todo. Un lugar de tantas alegrías, pero también tristezas, como si esa habitación la ayudara a esconder en sus paredes los secretos del tiempo o de la vida, algo que no se puede decir a los demás, un secreto que las palabras no pueden expresar.

Hacía un año, Leticia había vivido los meses más lindos de su vida. Fueron meses hermosos, alegres: estaba embarazada. Diego recibió la noticia con gran emoción. Iba a ser papá.

Hay que decir que la sociedad te vende maravillas del proceso del embarazo. Leticia sentía a su hijo activo dentro de ella. Se centraba en el presente que estaba viviendo en esos meses.

Los dos primeros trimestres, Leticia leía un libro que le regaló su mejor amiga, María, en el que semana a semana le hablaba de síntomas típicos, cambios y sensaciones, y se cumplía la mayoría de ellos.

Sin embargo, hubo un cambio radical durante el último trimestre. Todo iba marchando normal, dentro de lo esperado. Leticia escribía, gestionaba las horas de trabajo, comía sano cuando la angustia se presentaba, pero llegando el tercer trimestre se juntaron muchas cosas. Leticia ya no tenía constancia de leer semana a semana el libro, se le notaban los cambios, la panza crecía día a día.

Diego tuvo que ser paciente con los cambios emocionales de Leticia, llantos y risas. Los días pasaban volando, sin Leticia hacer prácticamente nada. Sufría de insomnio. Conciliar el sueño por las noches se había hecho difícil; por suerte, se sentía acompañada y apoyada por Diego.

Empezó a sentir miedo al gran día, al día del parto. Sabía que ese iba a ser el día en el que iba a conocer al hijo que pateaba dentro de ella, al que no controlaba de ninguna forma. Era otro ser e iba por libre. Era algo mágico.

Leticia era consciente de la importancia del parto que le esperaba en las próximas semanas. También era consciente de que tenía que empezar a hacerse a la idea de que el mundo posparto era complejo. Y así fue.

Leticia recordaba su embarazo recostada en la cama; no podía creer el momento en que se encontraba ahora. Así vivió, sin decir palabras, durante un tiempo. Nunca se la veía en ningún otro sitio. ¿Cómo podía estar de buen humor tras haberse muerto su hijo?

A veces el sol brillaba encima de la casa, de la familia, y en aquellas ocasiones, en medio de aquel resplandor, Diego se daba cuenta, sorprendido, de que Leticia sonreía al cielo, a su ángel. Solamente tenía su fuerza, que traspasaba las paredes como una corriente secreta; era como un hilo invisible.

Leticia había envejecido en el transcurso de aquel año. Su cara estaba rosada y un poco arrugada; su mirada parecía apagada y triste. Leticia y Diego sabían todo el uno del otro. Quizás fuera por los cinco años que habían pasado juntos, bajo el mismo techo; lo compartían todo. Y todo esto no se podía expresar con palabras.

Leticia se acercó a Diego con una valija en la mano, se inclinó ante él y lo besó.

—Prométeme una cosa —dijo—. Prométeme que serás muy feliz.

—Te prometo que lucharé por nuestro amor —respondió Diego en voz baja mientras Leticia se iba caminando. No se animó a gritarle y ella se fue.

La conoció en un baile y ninguno de los dos pudo hacer nada en contra de aquel flechazo. Aún se acordaba de la música que sonaba. Cuando Diego la miró a los ojos, supo desde entonces que estaban destinados a vivir juntos, que no podían hacer nada en contra de su destino. Él estaba seguro de que su destino era vivir el uno para el otro. Había algo entre ellos que no se podía reparar. No obstante, se amaban. Diego y Leticia habían estado viviendo sin decir palabras, habían combatido su dolor incomunicados entre sí.

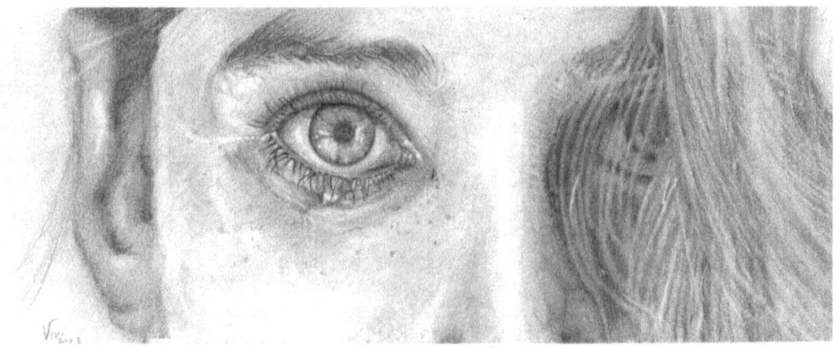

Leticia

Capítulo 2

Diego no quiso comer y solo tomó una taza de leche fría. Pasó la tarde recostado en la habitación a oscuras. Una vez pasado el sentimiento de sorpresa, se sentía cansado.

Uno se pasa toda la vida preparándose para algo. Primero, se enfada; después, espera. Él llevaba mucho tiempo esperando; ya no se acordaba ni siquiera del momento en que empezó el enfado y cómo se había dado paso a la espera. El tiempo lo conserva todo, pero todo se vuelve descolorido con el paso del tiempo, como en las fotografías. La luz y el paso del tiempo desgastan los detalles que caracterizan los rostros fotografiados. De la misma manera, se desvanecen en el tiempo todos los recuerdos. Luego, en algún momento inesperado, nos llega un rayo de luz y entonces volvemos a ver el mismo rostro olvidado. Diego guardaba la fotografía de Andrés, su hijo, en el cajón de la mesita de luz.

En la foto, Andrés tenía el cabello ondulado, con ropita de color azul. Diego agarró la foto con las dos manos para contemplar el retrato. Ladeaba ligeramente la cabeza y su mirada tierna y seria se perdía en la nada como si se estuviera preguntando por qué. No lo comprendía.

Comprendió, sin embargo, que Leticia había pasado allí mismo muchísimo tiempo. En esa habitación oscura y solitaria, ella había esperado que ocurriera algún milagro.

Diego miraba la habitación, cuya soledad y tristeza le tocaban el corazón como nunca, y sintió, entre fuertes latidos de su corazón, que lo que recibía representaba su destino. Permanecía en silencio. A veces sacaba el pañuelo del bolsillo para secarse las lágrimas.

La casa lo comprendía todo, como una enorme cárcel de ladrillos. Comprendía el silencio como si este fuese un preso, comprendía también los recuerdos de las habitaciones. En los picaportes se sentía el temblor de unas manos cansadas, sufridas, llenas de dudas, que no se atrevían a abrir una puerta. Así estaban las manos de Diego.

Las cosas no se suelen recordar hasta que ha pasado un largo tiempo. Transcurrieron varios días hasta que Diego pasó por la habitación a oscuras y entonces escuchó sonidos, palabras, como si aquellas pocas palabras expresadas le dieran sentido a la vida. Diego entró a la habitación de Andrés y empezó a poner todos sus recuerdos en una caja. Empezó a quedar todo tan minuciosamente organizado que aquel lugar parecía el único del mundo donde todo estaba en orden y en su sitio, todo lo que en la vida cotidiana era desorden.

Luego Diego llamó a su padre.

—Si quieres, puedes regresar a casa. Sin embargo, preferiría que no tuvieras miedo —dijo su padre.

—No tengo miedo a nada, padre —respondió Diego—. Lo único que quiero es no olvidarme de mi hijo, que se quede siempre con nosotros. Me gustaría que las cosas fueran como antes.

—Eso no es posible. Empieza de nuevo, Diego.

Diego no decía nada; se le hizo un nudo en la garganta, aunque sabía que podía confiar en la palabra de su padre.

El padre estuvo generoso, simpático, lo escuchó. Desde aquel día, Diego ya no estaba solo. No soportaba la soledad. Su educación le prohibía hablar de lo que le dolía y le obligaba a soportarlo todo sin quejarse. Lo mejor era no hablar de nada, eso le habían enseñado.

Leticia había introducido en la familia el deseo de mostrar los sentimientos a los demás. En la familia de Diego no estaba bien visto hablar de sentimientos, pero él en estos momentos los necesitaba expresar.

—Quizás… —dijo Diego, y luego se calló. Nunca había hablado de todo esto. En aquel momento lo había articulado, balbuceado—. Para mí es muy difícil vivir así. Es como si mi vida no me perteneciera. A veces, cuando quiero hacer algo, se me paralizan las manos. Siento una enorme responsabilidad.

—Lo comprendo —contestó su padre.

Pasaron unos días desde que Leticia se fue, y Diego sintió por primera vez que algo había ocurrido entre ellos, como si uno de los dos le debiera algo al otro, aunque todo esto no se podía precisar con palabras.

Diego tenía un refugio adonde Leticia no podía seguirlo: el dibujo. Era como si tuviera un lugar solo para él, donde nadie en el mundo podía alcanzarlo.

En la casa de Diego nunca se hablaba de arte, aunque lo toleraban como un capricho pasajero, típico de juventud. El conocimiento del dibujo, de los conceptos teóricos del dibujo, formaba parte, hasta cierto punto, de la educación, pero solamente en un sentido general.

El dibujo le hacía sentir algo que los demás no podían comprender. Su cuerpo tenso y crispado se relajaba. En esos momentos se olvidaba por completo de dónde estaba, sus ojos sonreían, miraba al vacío, no veía nada de lo que lo rodeaba. Dibujaba con mucha atención en la hoja. El dibujo rompía en pedazos el mundo a su alrededor, cambiaba las leyes establecidas durante unos instantes.

Un día de verano, mientras Diego dibujaba, sucedió algo. Estaba sentado en el escritorio, antes del almuerzo, dibujando con atención y paciencia. De repente, una fuerza invisible movió los pesados postigones de madera del otro lado de la ventana. Su corazón empezó a latir con una fuerza inexplicable, como si todo lo que hubiese enterrado en su corazón, ese enorme dolor, reviviera.

Él siguió sentado, dejando que el lápiz se deslizara con trazos libres en la hoja, con el cuerpo erguido y las manos firmes. Le daba rienda suelta a aquella fuerza desatada. De pronto, un rayo de sol penetró por la ventana abierta. En su halo luminoso, Andrés reía mirando a su padre, como si se hubiese levantado el polvo del camino del cielo y se pudiera ver.

—Hijo —observó Diego, con la respiración entrecortada.

Miró por la ventana levantando la cabeza. En su voz resonaba una tristeza como suena la voz de la nostalgia. Observaba a su hijo con atención, como si lo estuviera mirando por primera vez. Entonces afirmó:

—Siempre estarás conmigo. Te amo, hijo. Ahora sé que no estoy solo.

Diego

Capítulo 3

Después de irse de la casa de Diego, Leticia volvió a su vivienda de la capital y se dedicó de lleno al trabajo. Durante largos días y noches escribió mientras las manchas púrpuras de debajo de los ojos se acentuaban. Se sentó en la ventana y se puso a escribir. Olvidó todo lo demás; al menos por un rato, Diego no era más que un recuerdo borroso, el amor era una vela apagada. Nada que no fuese su historia importaba. Vivió y respiró en otro mundo.

Durante semanas Leticia pareció vivir de verdad solo cuando escribía. Pasaba los días escribiendo, sentada en medio del silencio. Se sentía capaz de enfrentarse a la vida, pero en las noches, cuando el dolor lo borraba todo, no podía soportarlo. Pasaba las noches sin dormir, noches terribles. Cuando dormía, soñaba, y en sus sueños siempre lo veía sonriendo. Era mejor quedarse despierta que tener ese sueño recurrente del cual no quería despertar. La noche era algo terrible.

La gente decía que Leticia era muy valiente, pero ella no pensaba lo mismo. Ellos no sabían de la cobardía que se ocultaba detrás de su calma exterior. Ella sonreía cuando la sonrisa era lo indicado, pero no reía nunca. «Mis días de risas han pasado», se decía Leticia.

La gente iba continuamente a verla, pero ella deseaba que no fuera. Las visitas se mostraban contentas en la certeza de que con el tiempo se curaría del todo, pero no creía ni una palabra de lo que decían.

En las noches siempre volvía a ese día en el que su hijo cerró los ojos y se sumió en el silencio. Leticia permaneció quieta. Su cabeza era un suave borrón oscuro contra la ventana. Justo entre ellos había una pálida luna vieja. Esa belleza era un consuelo y un estímulo para Leticia bajo la tensión.

Leticia se fue de la habitación como ciega y lloró por su hijo. Sabía que el mundo sería un lugar mucho más frío ahora que él se había ido. Se sentó en el pasillo del hospital y lloró.

Después de que pasara ese día, ya todo fue diferente. Vivió serena e inalterada durante meses hasta que súbitamente se dio cuenta de que había dejado un pasado y emergía en uno nuevo, más espacioso que todo lo que había habido antes.

Capítulo 4

Era una lluviosa mañana de los primeros días de marzo. Leticia se levantó temprano y se preparó el desayuno. Mantuvo el silencio mientras miraba por la ventana. Los recuerdos de su pasado venían ese día aunque Leticia no quisiera. Se acordó del tremendo revuelo que hubo en la familia cuando anunció que iba a casarse con Diego.

—¿Estás muy segura de que lo amas? —preguntó su madre esa noche.

—Sí, en cierta forma —respondió Leticia.

Su madre levantó los brazos y dijo:

—¡Hay una sola forma de amar!

—Hay una docena de formas diferentes. No te preocupes, mamá. Nos entendemos perfectamente.

—Solo quiero que seas feliz, hija.

—Seré feliz, soy feliz. Ya no soy una soñadora romántica. Voy a casarme con el hombre que amo y me satisface completamente, y él me ama y me da afecto verdadero y compañerismo. Estoy segura de que esa es la mejor base para un matrimonio feliz.

Diego había soñado con una boda en otoño y así fue. Leticia era feliz, como se dijo a sí misma muy a menudo y muy sinceramente.

Un día, Diego apareció ante ella con un rubor de entusiasmo infantil en la cara.

—Leticia, hice una cosa. ¿Estarás de acuerdo?

—¿Qué hiciste?

—Compré una casa.

—¿Una casa? ¿Qué casa compraste, Diego?

—En realidad, nuestra casa va a estar al lado de la casa de mis padres. ¿Estás de acuerdo con lo que hice?

—Claro que sí. Siempre adoré esa casa. Es una de esas casas que se las quiere apenas se las ve. Algunas casas son así y otras no tienen nada de nada.

—La compré sin consultarte porque había otro interesado en comprarla, así que la compré de inmediato. Claro que, si a ti no te hubiera gustado, la habría vendido. La convertiremos en un verdadero hogar, amor. Necesito un hogar.

—Vamos a verla ya mismo —dijo Leticia.

—Iremos a mirarla por dentro y por fuera. Tengo la llave. Leticia, siento que estiro la mano y alcanzo la luna.

—Acabo de alcanzar las estrellas —exclamó Leticia.

Cuando al fin llegaron, allí estaba su casa. Una casa con el gran árbol adelante y, al costado, un hermoso jardín. Abrieron el portón del pequeño jardín cerrado.

—Quisiera vivir toda la vida aquí —dijo Diego—. ¡Qué lugar tan hermoso!

Leticia era muy feliz. Se rindió por completo al encanto del lugar. Qué lindo es tener un hogar.

—Vamos a entrar a ver nuestra casa —propuso Diego. La llave giró con dureza en la cerradura. Diego tomó a Leticia de la mano y entraron juntos.

A sugerencia de Diego, pasaron el verano terminando y equipando la casa, haciendo todo lo posible ellos mismos y arreglándola exactamente como la querían. Claro que se vieron abrumados con consejos de cada uno de los miembros de las familias y no siguieron a ninguno.

Pasaron momentos espléndidos poniendo los muebles en la sala. Probaban mil ángulos diferentes y no se contentaban hasta que no encontraban el que les gustaba. A veces no se ponían de acuerdo y entonces se sentaban en el piso y lo hablaban. Leticia no iba a la casa sin llevar a Gaspar, lo adoraba.

—Quieres a ese gato más que a mí, Leticia —le dijo una vez Diego en broma, pero con un poco de seriedad.

—Sí, es verdad, pero se está poniendo viejo —respondió Leticia con tristeza—. Tú y yo tenemos muchos años por delante. Una casa no es un hogar sin un gato y tú tienes que tener un perro.

—Nunca más quise tener un perro después de la muerte del mío, pero tal vez me consiga uno. ¿No es lindo sentir que un lugar le pertenece a uno?

—Es más lindo sentir que uno pertenece a un lugar —afirmó Leticia mirando a su alrededor.

—Nuestra casa y nosotros nos vamos a llevar muy bien —dijo Diego.

Llegó un día en el cual tenían todo hecho y el resultado era bueno. Había armonía en la casa.

—No hay absolutamente nada más que podamos hacer —suspiró Leticia.

—Supongo que no —se lamentó Diego. Pero entonces miró al lugar donde había puesto ramitas y leñas—. ¡Sí, claro que hay! —exclamó—. Tenemos que ver si la chimenea tira bien. Voy a encender el fuego.

Leticia se sentó enfrente de la estufa, en el piso, cuando el fuego comenzó arder, y Diego se sentó junto a ella. Gaspar estaba estirando sus patas. Las llamas se elevaban alegres.

—Esto es un hogar —dijo Diego con suavidad—. Es más hermoso de lo que jamás soñé. Así estaremos, sentados toda nuestra vida, dejando afuera las noches frías, tú y yo solos, con la luz del fuego y la dulzura.

El fuego chisporroteaba y crujía. Gaspar ronroneaba. La luna brillaba entrando por la ventana y Leticia pensaba en cuando estuviera frente al altar casándose con Diego. Ese hermoso recuerdo le vino a Leticia esa mañana lluviosa.

Leticia no veía a Diego desde hacía un largo tiempo. Días como esos, lluviosos, le daban tristeza y nostalgia, y no pensaba nada más que en Diego y en los momentos maravillosos que pasaron juntos.

Capítulo 5

Los dos jóvenes habían vivido juntos durante cinco años, habían compartido sus sueños, habían formado una familia, tenían salud, pero de golpe la vida los sorprendió y se vieron enfrentados a un dolor inmenso, injusto, inexplicable, que debían superar.

Compraron una casa chica con un porche. Las ventanas daban a un hermoso jardín repleto de flores y árboles frutales, y el aire estaba cargado con el olor de las frutas. Disponía de seis habitaciones y dos dormitorios.

Vivían, se relacionaban con sus amigos y se movían por el mundo felices, no solamente durante el día, sino también por la noche. Por las tardes montaban a caballo juntos, regresaban a su casa y a veces pasaban semanas enteras sin salir por las noches. En ocasiones salían a algún baile, a alguna fiesta al centro de la ciudad. Su propósito era la felicidad en la vida.

Su casa rebosaba alegría. Diego se levantaba con el alba, preparaba unos ricos mates y salía al tambo. Leticia se quedaba en la casa haciendo las tareas domésticas y cuando terminaba escribía.

A veces charlaban hasta el alba en su habitación, hasta que la estufa se quedaba fría y Diego terminaba la última gota de la botella de cerveza. Leticia hablaba de sus escrituras y Diego de sus experiencias, de la vida del tambo, del campo. Hablaban de todo y, como se amaban, se perdonaban mutuamente. Fue un momento de felicidad, de inconsciencia, un momento rebosante de vida. Lamentablemente todo cambió.

Diego se vistió. Primero sacó del armario su camisa, que tanto le gustaba a Leticia, y la estuvo observando durante un tiempo. Finalmente se vistió de negro y se peinó el cabello corto.

Se acercó al escritorio con un ademán incierto. Con manos temblorosas sacó una pequeña llave del monedero y abrió un cajón largo y hondo. De él extrajo un cuaderno rojo en cuya tapa, con letras doradas, decía: «Mi ángel». Durante un rato tuvo entre sus manos el cuaderno.

Se acercó a la ventana y abrió el postigón de madera. Había llovido mientras él dormía. El jardín estaba mojado y una brisa fresca corría entre los árboles. Atardecía. Se quedó de pie al lado de la ventana, sin moverse, con los brazos cruzados. Observaba el paisaje. Tomó coraje y abrió el cuaderno. Empezó a leer.

Capítulo 6

María, su mejor amiga, había ido a casa de Leticia para hablar con ella de la vida.

—¿Tus escrituras? —preguntó María.

—No es lo mismo que antes para mí escribir. Vi lo poco que en realidad tiene de importante cuantas más cosas importantes había.

—Mientras sigas pensando lo mismo, serás feliz —dijo María—. Me hace sentir terriblemente vieja y sabia hablar así de tu vida.

—¿No hay nadie en tu vida, María?

—No, gracias. Además, voy a ser franca, siento un terrible impulso a la confesión. Para mí nunca existió nadie más que Pablo.

—¿Pablo? Toda la vida te resististe de él, lo peleabas.

—Por supuesto. Me gustaba tanto que me daba rabia verlo pasar por tonto. Quería estar orgullosa de él y él siempre me avergonzaba. Hubo momentos en que me ponía tan furiosa... Si no me hubiera interesado, ¿crees que me habría importado que pasara por burro? No puedo superarlo. Me había echado en sus brazos; todavía lo haría. Ya te lo dije, pero no te preocupes. La vida es muy buena igual sin él.

—Tal vez algún día...

—Ni soñarlo, Leticia. No se te ocurra hacer de celestina conmigo. A Pablo jamás se le ha cruzado por la cabeza ni se le va a cruzar. No voy a pensar en él. Bueno, el año que viene me recibo. Supongo que algún día me casaré. A Pablo que se lo coma el gato.

—No, no —dijo indignada Leticia. No podía escuchar eso.

—Bueno, no vamos a discutir por eso. No importa. Como te decía, algún día voy a casarme. Ahora es muy divertido, pero algún día tendré un matrimonio sano como tú. ¿No es gracioso hablar de casarse con un hombre al que una no ha visto en su vida? ¿Qué estará haciendo en este preciso momento? ¿Sufriendo por otra mujer? Sin embargo, se va a casar conmigo y seremos felices. Y vamos a visitarnos tú y yo, y nuestros hijos jugarán juntos, ¿verdad, amiga? ¡Qué complicado es ser mujer, amiga!

La amistad, el amor, la alegría, las penas, los logros, los fracasos, las ansiedades... Todo forma parte de la vida.

Todas las mañanas, al despertar, Leticia sentía que el día le parecía un hermoso regalo. La ambición había quedado olvidada por el momento. Los que se preocupan por el éxito, el poder y la fama que paguen el precio y se los queden, pero el amor y la amistad no se compran ni se venden. Son un don.

—Si tuviera... —gruñó María, arrojándose sobre la cama de Leticia y tirando a través de la habitación uno de los libros más queridos de Leticia, que le había regalado Diego en la época de novios, al que se le salió una tapa y las hojas salieron volando. Leticia se enojó.

—¿Nunca estuviste en un estado en el que no puedes ni llorar ni reír? —preguntó María.

—Algunas veces —respondió Leticia secamente—. Pero no me desahogo con un libro que no me ha hecho nada.

—Hice algo más eficaz —dijo María, dirigiendo su mirada a la fotografía de Pablo junto a Leticia que estaba sobre el escritorio. Leticia también la miró y su cara se transformó. La fotografía seguía allí, pero los ojos de Pablo ahora aparecían con unos agujeros sin vida.

Leticia se puso furiosa. Pablo es un hombre encantador y es un gran amigo de ella, lo quiere mucho; fue padrino de su boda. Ahora encontrará arruinada la única fotografía que tenía con él. Le dirigió a María una cara de enojo.

—¿Cómo te atreviste a hacer una cosa así?

—No podía soportar esa fotografía. ¡Él se lo buscó! Mirándome con esa sonrisita presuntuosa. Hace tiempo que no sentía una satisfacción tan grande como cuando atravesé con tus tijeras esos ojos. ¡Cómo odio a Pablo!

—Me pareció haberte escuchado decir que lo amabas —apuntó Leticia con bastante rudeza.

—Es lo mismo —dijo María de mal humor—. ¿Por qué no me puedo sacar a ese hombre de la cabeza? No lo amo, lo odio, pero no puedo dejar de pensar en él. Saca esa fotografía de mi vista, por favor.

Leticia guardó la maltratada fotografía en un cajón del escritorio. Su breve enojo había desaparecido. Comprendía por qué María había tajeado los ojos. Más difícil era comprender por qué María amaba tanto y tan incurablemente a Pablo.

—Tú eres la única persona en el mundo con la que puedo desahogarme diciendo estas cosas. Una nunca puede saber lo que le espera a la vuelta de la esquina. Después de todo, pienso arrancar a Pablo de mi vida y de mis pensamientos, igual que le arranqué los ojos —aseguró María con un abrupto cambio de tono y de postura—. ¿Sabes que Juan me gusta más que nunca?

—¡Ah! —El monosílabo fue elocuente, pero María estaba sorda a cualquier implicancia.

—Sí, realmente es encantador. Tal vez solo sea que le enseñaron a esconder mejor su egoísmo.

—Juan no es egoísta. ¿Por qué lo llamas egoísta?

—Juan solo piensa en él. Por eso nunca se enamoró de nadie. Por eso, y supongo que también porque las mujeres lo persiguen tanto. Le encanta que lo adoren. Juan es encantador con nosotras porque somos viejas amigas, porque lo conocemos y no vamos a soportar ninguna tontería. Le he oído decir a cada una lo que él cree que ellas querían oír —dijo María—. Me tengo que ir volando. Voy a llegar tarde al trabajo.

Leticia sentía que María se equivocaba con respecto a muchas cosas. Se quedó sentada un largo rato junto a la ventana, mirando la noche llegar, y le quedaron las cosas dando vueltas en su cabeza.

María

Capítulo 7

Hay momentos en que la soledad inmensa me deja sin fuerzas. En esos momentos agarro mi viejo cuaderno rojo en busca de consuelo. Es como hablar con un amigo fiel.

La vida al menos se ha vuelto vivible otra vez. Es el día de mañana al que le temo. No estoy sola, tengo mis trabajos, mis libros y sé que la vida tranquila y sencilla me hace muy feliz. Lo creía así, pero no lo creo ahora. No es cierto; sí que me siento sola, con la soledad de quien no puede compartir sus pensamientos. ¿Por qué negarlo? Cuando llegué, venía positiva, pero ahora mi entusiasmo ha vuelto a caer por tierra.

Siento una voz que me dice: «Tú crees que lo has olvidado, pero si hubiera sido así, nada te movería sus recuerdos. Eres suya, siempre serás de Diego». No puedo soportar esto, tengo que apartarlo de mi vida.

Este es el fin y el fin de todos mis sueños, y ahora me dedicaré a una tibia existencia, escribiendo para ganarme la vida.

Leticia escribía historias de vida para una revista. Los clientes de la revista aumentaban día a día y Leticia pasaba largas horas ante el escritorio y, a su manera, disfrutaba de su trabajo, pero por detrás de esto estaba la conciencia del fracaso.

Su vida seguía sin cambios, excepto que el cabello de su padre se volvió blanco de pronto, uno diría que de la noche a la mañana. Leticia se dio cuenta de que su padre se estaba poniendo viejo. Todos se estaban poniendo viejos.

Esa tarde se sentó junto a la ventana. Por momentos escribía y por momentos miraba a los autos pasar por la calle tranquila. Estaba sola, pero no se sentía sola. «Qué cambiante soy», se dijo. No podía leer, comer, escribir ni hacer nada si no era obligándose a hacerlo.

Me siento opaca, nada atractiva y nada encantadora; hasta me aburro de mí misma. ¡Ya está! Me siento mejor con esta pequeña explosión de descontento, me he sacado algo de adentro. Sé que en la vida de todo el mundo hay días de depresión y desaliento cuando parece que todas las cosas de la vida pierden su sabor. El día más soleado tiene nubes, pero uno no debe olvidar que el sol está ahí siempre. Suerte que no hay dos días iguales.

La vida no me parece lo mismo que antes. Algo se ha ido. No soy desdichada. La disfruto en términos generales y paso muchos momentos hermosos. Tengo éxito, al menos cierta clase de éxito, y una comprensión interesante, pero por debajo de todo está el vacío.

El día después de cumplir treinta y cuatro años, Leticia abrió y leyó la carta que había escrito ella cuando tenía quince años. No fue el ejercicio divertido que una vez imaginó que sería. Se quedó largo rato sentada junto a la ventana, con la carta en la mano, mirando la luz de las estrellas.

Leticia pensó que prefería romper la carta a leerla, pero eso sería cobardía. Uno tiene que enfrentarse a las cosas. Con un movimiento rápido y repentino abrió el sobre y sacó la carta.

La carta era romántica. Algo de que reírse. Leticia se rio con cuidado de algunas partes. ¡Qué tonta! ¡Qué sentimental!

> *¿Ya escribiste tu gran libro?* —preguntaba Leticia adolescente, muy suelta de cuerpo—. *Debe ser espléndido ser una mujer de treinta y cuatro años. ¿Eres una formal señora casada, con muchos hijos, y vives en una gran casa? ¿Eres la señora de...? ¿Qué nombre llenará el espacio en blanco? Espero que seas feliz, famosa y espero que no te hayas olvidado de como eras antes.*

Leticia guardó la carta.

—Basta de tonterías —dijo.

Luego se sentó en su silla y dejó caer la cabeza sobre el escritorio. Siempre pensando en algo grande, maravilloso y hermoso que le esperaría en los años por venir. Segura de que los sueños siempre se convierten en realidad. Leticia adolescente e inocente, que, sin embargo, había sabido ser feliz.

—Yo te envidio a ti —comentó Leticia—. Ojalá no hubiera abierto la carta. Vuelve a las sombras del pasado. Esta noche la voy a pasar envuelta por tu culpa. Voy a estar toda la noche sin dormir, compadeciéndome.

Ay, perdóname por lo que te dije, Leticia adolescente. No eres una tonta, eres sabia. Tú lo sabías.

Capítulo 8

Con todo el entusiasmo, Leticia no se había olvidado exactamente de llamar a María, pero quiso esperar a que las cosas se calmaran un poco antes de llamarla.

—Planeé decírtelo mil veces —dijo María—, pero una anda con muchas cosas y no hay tiempo para hacer lo que realmente se quiere hacer. Me alegro de que estés bien y de buen humor. A veces envidio la tranquilidad, la paz y el tiempo libre que tienes, Leticia; tu concentración y satisfacción inmensa en tu trabajo y el hecho de que tengas un solo objetivo. Recuerdo que una vez me dijiste que envidiabas mis oportunidades de viajar. Leticia, correr de una parte a otra no es viajar. Bueno, cuando uno no puede alcanzar lo que de verdad desea, no se puede evitar correr detrás de lo que sea que pueda convertirse en un buen sustituto. Sé que nunca entendiste por qué me interesaba por Pablo. No podías, pero en el futuro voy a ser sensata. Me voy a casar con Juan. ¡Ya está, te lo dije!

Leticia soltó el teléfono por un momento. No sintió sorpresa. Le pareció que siempre había sabido que esto sucedería; sin embargo, ahora que de verdad había sucedido no lo podía creer. Tomó el teléfono y siguió escuchando.

—Claro que no estoy enamorada de Juan, pero se ha vuelto una costumbre. No puedo vivir sin él y ahora tengo que vivir sin él o casarme con él. Se niega a seguir aceptando mis dudas. Es como una especie de extraño cansancio e impaciencia con mi vida, como ha sido en los últimos años. Todo me parece como si se hubiera secado, pero a Juan lo quiero de verdad, siempre lo he querido. Es agradable, buena compañía y tenemos el mismo gusto para las bromas. Y nunca me aburre. Claro que es demasiado apuesto, siempre era un blanco apropiado, pero como no lo quiero demasiado no me torturarán los celos. Hace años que lo pienso y hace semanas que lo sé; esto algún día tenía que suceder.

»Creo que va a ser lindo que alguien me cuide. A mí nadie me cuidó, tú lo sabes. Vamos a casarnos en julio. Creo que papá se va a poner contento. Para él, Juan siempre fue un muchacho especial. Además, creo que se estaba empezando a preocupar porque yo no enganchaba marido.

»Está de más decir que tú serás mi madrina, Leticia querida. Cómo desearía poder verte esta noche y hablar contigo personalmente en una de esas conversaciones nuestras de antes. La vida todavía es agradable, no digo que no sea muy agradable de a ratos. Leticia, vieja amiga, ¿no harías retroceder las agujas del reloj si pudieras?

—Sí, lo haría —dijo Leticia, que recién pudo tomar bocado.

—Me entiendes entonces. No seré afortunada con la suegra que me toca. Siempre me odió, lo sé, pero Juan compensa lo de ella. Es un encanto. Yo no tenía idea de que podía ser tan encantador. Y cada día lo quiero más. Cuando lo miro y me doy cuenta de lo apuesto y encantador que es, no entiendo por qué no estoy perdidamente enamorada de él, pero es mucho más cómodo no estarlo. Si lo estuviera, me moriría cada vez que peleamos. Nos peleamos todo el tiempo, tú sabes cómo es. Siempre nos peleamos. Estropeamos todos los momentos maravillosos con una pelea, pero la vida no va a ser aburrida.

Leticia se estremeció. Su propia vida, en esos precisos momentos, le parecía aburrida. Qué bueno sería todo cuando pasara la boda.

En esa boda va a estar Diego, lo va a ver luego de tanto tiempo. ¿Qué sentirá cuando lo vea?

Juan

Capítulo 9

María, alegre y risueña, regresó en el mes de julio. «Tal vez demasiado alegre y risueña», pensó Leticia. María siempre había sido una persona alegre e irresponsable, pero no tan insensatamente como ahora. Al parecer, nunca estaba seria. Bromeaba con todo, hasta con su matrimonio. Una muchacha que pronto ha de asumir las responsabilidades de la vida de casada debería ser más reflexiva y sobria. Hablaba sin parar cuando estaba con Leticia, pero nunca hablaba con ella a pesar de su deseo de revivir viejas conversaciones. Tal vez no fuera totalmente culpable. A pesar de su determinación de ser exactamente la misma de antes, Leticia no podía evitar una cierta contención y reserva surgidas de su secreto dolor y su decisión de ocultarlo. Ahora faltaban dos semanas para la boda.

—Eres un sueño con ese vestido, Leticia —dijo María, estirándose sobre la cama de Leticia con gracia—. Vas a hacer que mi vestido se vea exagerado y vulgar. A propósito, ¿Juan no es hermoso?

—Siempre fue un bonito muchacho.

—Un bonito muchacho —se burló María—. En cualquier momento te voy a decir abuela. No hay nadie que pueda compararse con él. En realidad, lo que me gusta de él es su belleza física, no él. A veces me aburre en serio, aunque estaba segura de que no sería así. Antes de comprometernos no me aburría nunca, pero Juan y yo vamos a hacer una hermosa pareja, él tan moreno y yo tan rubia.

—Revisemos ahora las invitaciones, a ver si no nos olvidamos de nadie —fue la respuesta de Leticia a esta catarata de palabras.

—¿No es abrumador pertenecer a una familia como la nuestra? —dijo quisquillosa María—. Hay una cantidad tan grande de personas que hay que invitar que uno se puede olvidar de alguien. Tengo ganas de que termine todo. Estás segura de que invitaste a Pablo, ¿verdad?

—Sí.

—¿Vendrá? Espero que sí. Qué tonta era cuando creía estar tan enamorada de él. Tenía esperanzas de tantas cosas… a pesar de saber que estaba loco por ti. Siempre guardaba la esperanza de que algún día, cuando se diera cuenta de que tú no ibas a darle el sí, yo pudiera ganar su corazón despechado, pero un día supe que no tenía sentido seguir esperando la nada, de modo que renuncié para siempre. Bueno, las cosas resultaron bien.

Leticia casi ni oía a María mientras colgaba nuevamente su vestido azul en el armario y se ponía un vestido negro. Tenía los nervios de punta. Dos semanas más todavía y después, por suerte, la paz. Por fin.

Entre todo el remolino de emociones provocado por la boda, Leticia tuvo clara conciencia de solo una cosa. La emoción por esta boda borró, por el momento al menos, todo otro sentimiento. La ira y el resentimiento no pudieron hallar lugar en su alma. Se sintió una persona nueva.

Estaba tan eufórica que hizo algo de lo que siempre se avergonzó. Pablo la fue a visitar. Ella no lo había visto por bastante tiempo y en cualquier otro momento se habría alegrado de verlo. La amistad con Pablo, ahora que él había abandonado por fin toda esperanza de algo más, era una parte muy agradable de su vida.

En los últimos años él había madurado, era todo un hombre, con mucho sentido del humor y mucho menos soberbio. Leticia siempre disfrutaba de su visita cuando venía, excepto esa noche. Quería estar sola, pensar, clarificar sus emociones. Estaba impaciente por deshacerse de él y Pablo no lo percibía para nada.

Hacía mucho que no la veía y había muchas cosas de que hablar, de la boda de María en especial. Siguió haciendo pregunta tras pregunta hasta que Leticia no supo qué decía. Pablo estaba algo molesto por el hecho de que no le habían pedido a él que fuera padrino. Consideraba que tenía derecho siendo un viejo amigo de ambos.

—Nunca pensé que Juan me iba a despreciar de esa manera —gruñó.

Entonces Leticia hizo lo que luego no se perdonó. Antes de darse cuenta de lo que decía, y en medio de su furiosa impaciencia con Pablo, las palabras emergieron de ella involuntariamente.

—¡No seas imbécil! Juan no tuvo nada que ver. ¿Te parece que María podría haberte querido como padrino de su boda cuando durante años no deseó otra cosa que fueras su novio?

Apenas terminó de hablar, se quedó atónita y enferma de vergüenza y remordimiento. ¿Qué había hecho? Había traicionado una amistad y violado una confidencia. Era algo vergonzoso, imperdonable.

Pablo estaba de pie, mirándola anonadado.

—Leticia, ¡no estás hablando en serio! María jamás pensó en mí de esa manera, ¿verdad?

Leticia se dio cuenta de que era imposible destruir lo dicho y de que el lío que había hecho no se arreglaría con mentiras.

—Sí… Hace un tiempo. Claro que hace mucho ya que se le pasó.

—¡En mí! Pero Leticia, si siempre parecía despreciarme, siempre me rezongaba por esto o por lo otro. Yo nunca podía complacerla, tú tienes que acordarte.

—Sí, me acuerdo —dijo hastiada Leticia—. Tenía un concepto tan alto de ti que se ponía furiosa cuando hacías cosas por debajo de ese concepto. Si no te hubiera querido, ¿te parece que le habría importado que hablaras mal? Jamás tendría que haberte dicho esto, Pablo. Me avergonzaré mientras viva. No debes hacer que ella sospeche jamás que lo sabes.

—Claro que no. De todas maneras, ya hace mucho que me olvidó.

—Más bien, pero te darás cuenta de por qué no sería agradable para ella tenerte de padrino de boda. Y ahora no te molestes, Pablo, por favor, pero ¿no te irías? Estoy cansada y tengo tantas cosas que hacer…

—Tendrías que estar en la cama, eso es obvio —accedió Pablo—. Soy un animal haciéndote quedar levantada hasta tan tarde, pero cuando vengo aquí me hace recordar los viejos tiempos y no quiero irme. ¡Qué niños éramos! Y ahora María y Juan se casan. Vamos envejeciendo.

—En cualquier momento tú también serás un juicioso caballero casado, Pablo —dijo Leticia tratando de sonreír.

—¡Ni se te ocurra! He descartado la idea para siempre. No porque siga enamorado de ti, solo que después de ti nada tiene encanto. Lo he intentado. Estoy condenado a morir soltero y no me quejo de la vida. Adiós, Leti. Nos vemos en la boda. Es por la tarde, ¿no?

—Sí, a las cuatro empieza. Pablo, no te hubiera contado eso de María. Fue un error.

—Bueno, no te preocupes por eso. Estoy contento por pensar que en algún momento fui tan importante para María. Para mí es un gran cumplido. ¿No me crees capaz de tener el buen juicio de darme cuenta de lo buenas que fueron las dos conmigo? Y lo contento que estoy de ser su amigo. Muchas gracias.

Pablo se marchó riendo y Leticia se fue a su habitación. Permaneció allí, sonriendo un rato. Luego la sonrisa se desvaneció.

Pablo

Capítulo 10

Solo quedaban dos semanas para la boda. Leticia descubrió lo largas que pueden ser dos semanas, a pesar de que todos los días tenía muchas cosas que hacer. En todas partes se hablaba mucho del acontecimiento.

Estaban solas en la habitación de María. Era la noche que iba a salir a cenar con Juan. María se había probado mucha ropa diferente y la había tirado a la cama.

—Leticia, ¿qué me pongo? Decide por mí.

—Yo no. Además, ¿qué diferencia hace lo que te pongas?

—Cierto. Juan jamás se fija en lo que tengo puesto. A mí me gusta que los hombres se fijen y digan algo.

Leticia miró por la ventana, donde se veía la luna en lo alto.

—Quise decir que Juan no va a pensar en tu ropa, sino en ti.

—Leticia, ¿por qué insistes en hablar como si creyeras que Juan y yo estamos locamente enamorados el uno del otro?

—Tal vez porque soy romántica.

Las dos se rieron.

—No te vayas, Leticia.

—Claro que sí. ¿Te parece que voy a hacer el papel del tercero en discordia?

—Ya estás otra vez. ¿Y a ti te parece que yo quiero estar toda una tarde con Juan para mí sola? Nos peleamos cada dos o tres minutos por cualquier cosa. Claro que las peleas son divinas, animan la vida. Yo necesito una por semana. Tú sabes bien que disfruto mucho de una buena pelea. Últimamente no eres buena para eso, y Juan tampoco se entrega con toda el alma. Pablo sabe pelear. Piensa en las maravillosas peleas que habríamos tenido Pablo y yo. Nuestras discusiones habrían sido maravillosas. Y cómo nos habríamos amado entre una y otra.

—¿Todavía sigues pensando en Pablo? —preguntó enojada Leticia.

—No, pero tampoco estoy loca por Juan. Después de todo, el nuestro es un amor de segunda mano de ambas partes, tú lo sabes. No te preocupes, seré una buena esposa. No sirve pensar que un hombre es perfecto porque él está convencido de que lo es y cuando encuentra a alguien que está de acuerdo con él tiende a descansar sobre sus laureles. Me irrita bastante que todo el mundo piense que tengo tanta suerte de estar con él. Ahora vete a tu casa si tienes que irte, que yo trataré de parecer alguien a punto de recibir una bendición.

Leticia se fue pensando en lo que había dicho María. ¿Podría funcionar un matrimonio sin amor? ¿Se podría ser feliz? Leticia no lo comprendía. Ella se casó enamorada, fue muy feliz.

«Soy romántica, por eso no entiendo. Es eso», dijo Leticia para sí misma.

Capítulo 11

Leticia no lo podía creer, ya habían pasado dos semanas. Mañana sería el gran día. Todo estaba preparado. La comida de la boda la había confirmado el padre de María, quien había decretado que tenía que ser un buen banquete de bodas, como los de antes, nada de esas cosas modernas de ahora. Tal vez la novia y el novio no quieran comer mucho, pero el resto de nosotros seguimos teniendo estómago, y esta es la primera boda en años.

Leticia había ido a la casa de María.

—Quédate conmigo esta noche, Leticia —le pidió María—. Juro que no te mataré hablando y que no voy a llorar tampoco. Aunque reconozco que si esta noche pudiera consumirse como una vela sería feliz. Gracias al cielo, Leticia, que tú y yo nunca fuimos lloronas. Somos más propensas a pelear que a llorar, ¿no?

No dijeron más, pero horas más tarde, cuando Leticia sospechaba que la inmóvil de María estaba profundamente dormida, esta de pronto se incorporó en la cama y le agarró la mano a Leticia en la oscuridad.

—Leticia, si una pudiera quedarse dormida soltera y despertarse casada qué lindo sería —dijo María, y se durmió profundamente.

En el amanecer del día de la boda de María, esta dormía cuando Leticia se levantó de la cama y se acercó a la ventana. Observó el hermoso día. Leticia se apartó de la ventana.

—Es un día precioso, María. El sol brillará sobre ustedes. ¿Qué te pasa? ¿Estás llorando?

—No puedo evitarlo —gimió María—. Parece que al final de cuentas es inevitable. Tengo tanto miedo… Es una sensación horrible.

—¿A qué le tienes miedo? —preguntó Leticia algo impaciente.

—No lo sé —respondió María saltando de la cama—. Qué linda mañana, Leticia.

A Leticia siempre le pareció el recuerdo de una pesadilla por lo que ocurrió después. De pronto, Leticia recibió un mensaje de texto en el móvil. Pablo murió en un choque de auto hacía una hora. Soltó el móvil, el cual cayó al piso. Leticia se quedó inmóvil, ahogó un grito y dirigió una mirada desesperada hacia María.

—¿Qué pasó? —dijo María.

Leticia no podía pronunciar palabras, sintiéndose más que nunca inmersa en una pesadilla. María tomó el móvil de Leticia del piso, leyó el mensaje de texto y salió corriendo.

—¿Qué pasa? —preguntó a Leticia el padre de María, Óscar, al entrar al cuarto con el desayuno—. ¿Dónde está María?

—Se fue —dijo Leticia.

—¿A dónde se fue?

—A ver a Pablo —contestó Leticia. Ella lo sabía perfectamente.

En pocos momentos, la casa fue el escenario de consternados invitados a la boda que no paraban de hablar y hacer preguntas. Óscar perdió la cabeza, no sabía qué hacer y se fue. Hasta la madre de María estaba paralizada. No había antecedentes para tomar como referencia. Solo Leticia conservaba un cierto grado de pensamiento y acción racional.

María salió por la ventana, se deslizó por el techo y saltó al suelo, corrió hasta la calle, se subió a un ómnibus y se fue. Leticia pensó que se había vuelto loca. Y así fue en cierto sentido. Leticia vio todo desde la ventana, paralizada, sin poder hablar. Solo observó sin entender mucho lo que estaba pasando.

Leticia le pidió a Óscar que la fuese a buscar.

—Ve lo más rápido que puedas. Puedes ir y volver en una hora. Tienes que traerla —le dijo Leticia a Óscar.

—No vas a poder evitar este lío, Leticia —contestó Óscar.

Pasó una hora, pero Óscar regresó solo. María no quería venir, así de sencillo. Pablo no había muerto, ni siquiera estaba seriamente herido, pero María no quería venir. Le dijo a su padre que iba a casarse con Pablo y con nadie más.

Óscar fue a hablar con Leticia al volver.

—Nunca creí que le interesara Pablo —le dijo—. ¡Qué lío! Alguien tiene que decírselo a Juan; supongo que me corresponde a mí. Leticia, tú pareces la única persona con sentido común. Ocúpate de todo, por favor.

Leticia no era de temperamento histérico, pero por segunda vez en su vida sintió que lo único que podía hacer era gritar. Sin embargo, llamó a los invitados, a todos, y canceló la boda. No pudo hablar con Juan, así que habló con los padres de él.

Leticia tenía conciencia de varias preguntas: ¿dónde estaba Juan?, ¿qué sentía?, ¿qué pensaba?, ¿qué hacía? Odiaba a María por haberlo lastimado así, por haberlo avergonzado. No veía cómo podían seguir las cosas después de esto. Era uno de esos hechos que tienen que detener el tiempo.

—¡Qué día! —exclamó Leticia mientras volvía a su casa en auto junto con sus padres.

—Sus padres son los únicos culpables —afirmó su madre—. Le han permitido a María hacer cualquier cosa que se le ha ocurrido durante toda su vida. Nunca le enseñaron el menor control de sí misma. Toda la vida hizo lo que se le ocurrió cada vez que se encaprichó con algo. No tiene el menor sentido de la responsabilidad.

—Pero sí amaba a Pablo —dijo Leticia.

—¿Entonces por qué se comprometió en matrimonio con Juan? No, María no tiene excusa.

Leticia se encontró al fin a solas en su dormitorio, demasiado atontada, conmovida y agotada para sentir demasiado. Una pelota inmensa, redonda y con manchas se desperezó sobre su cama y abrió la boca.

—Gaspar, tú eres lo único en el mundo que no falla.

Pasó una muy mala noche y cayó en un profundo sueño cerca del alba. Cuando despertó, le esperaba un nuevo mundo que había que acomodar, pero estaba demasiado cansada para tener ganas de acomodarlo.

Capítulo 12

Aparentemente, María no esperaba que nadie la excusara de nada cuando dos días después entró sin previo aviso en la habitación de Leticia. Se la veía triunfadora. Leticia la miró.

—Bueno, supongo que pasó el terremoto. ¿Qué quedó en pie?

—¡María! ¡¿Cómo pudiste?!

María sacó una libreta de la cartera y simuló consultarla.

—Escribí una lista de las cosas que me dirías. Esa era la primera. Ya la dijiste. La siguiente es: ¿no te avergüenzas de ti misma? No, tú sabes que no —agregó María con descaro.

—Ya sé que no. Por eso no te pregunto.

—No me da vergüenza y no me arrepiento. Soy feliz, pero supongo que eché a perder la fiesta. Seguro que las chismosas están pasando el mejor momento de sus vidas. Por primera vez tienen tema para rato.

—¿Cómo piensas que se siente Juan? —preguntó severa Leticia.

—¿Se estará sintiendo peor de lo que se siente Diego? Hay un antiguo refrán que dice: «El que esté libre de culpa…».

Leticia se puso roja.

—Sé que le hice daño a Diego, pero yo no…

—Que no lo dejaste plantado en el altar. Cierto. Pero yo no pensé en Juan cuando leí que Pablo se había muerto. Me volví loca. Mi única obsesión era ver a Pablo una vez más. Y cuando llegué me enteré de que ni siquiera estaba malherido.

Estaba sentado en la cama, con la cara toda lastimada y vendada. ¿Quieres que te cuente lo que sucedió?

María se sentó en la silla y miró el rostro de su amiga con gesto suplicante.

—¿Qué sentido tiene censurar algo que estaba predestinado? Eso no va a cambiar nada. No desperdicies tu compasión en Juan. Él no me ama, eso siempre lo he sabido. Es solo su orgullo el que sufrirá. Toma, dale el anillo.

—Juan salió hacia Punta del Este al día siguiente de…

—De la boda que no fue —terminó María—. ¿Lo viste o hablaste con él?

—No.

—Bueno, me voy a casar con Pablo el año que viene. Está todo arreglado. Lo abracé y lo besé apenas lo vi. Eché a la enfermera de la habitación. Le dije a Pablo que lo amaba y que nunca me casaría con Juan, pasara lo que pasara, y entonces él me preguntó si me casaría con él, o yo le dije que se casara conmigo, o ninguno de los dos dijo nada, se dio por sentado. De verdad, no me acuerdo de cómo fue y no me importa. Fuimos hechos el uno para el otro.

Leticia miró el rostro radiante de María y todo su antiguo cariño por esta amiga adorada se le amontonó en los ojos.

—Querida amiga, espero que seas feliz… siempre —dijo Leticia—. ¿Qué dice tu padre?

—Ay, papá. —María se encogió de hombros—. No me habla, pero ya se le pasará. En realidad, tiene tanta culpa como yo por lo que hice. Papá nunca me prohibió nada.

—Creo que a veces tendrás que preguntarle a Pablo si puedes hacer algunas cosas.

—Eso no me va a molestar. Te sorprenderías de ver lo buena esposa que seré. Ahora me voy de inmediato de vuelta al trabajo. Dentro de un año la gente se habrá olvidado de todo y Pablo y yo nos casaremos discretamente, en algún lado. ¡Cómo me escapé! Unos minutos más tarde y estaría casada con Juan.

Ese invierno fue difícil para Leticia. La angustia de su sufrimiento le había llenado la vida y, ahora que esta ya no existía, se daba cuenta del vacío. Además, ir a cualquier lado le implicaba un martirio. Todo el mundo hablaba de la boda, preguntaba, sugería, pero al final los chismes y las habladurías sobre la hazaña de María se agotaron y la gente encontró otra cosa de que hablar y dejaron sola a Leticia con sus pensamientos.

Sola donde el amor y la amistad se habían ido para siempre. No le quedaba más que la ambición. Leticia se dispuso a trabajar con toda el alma. La vida volvía a seguir su antiguo curso. Las estaciones pasaban frente a su puerta. Leticia vivió algunas horas de inspiración y realizaciones, pero la belleza que en un tiempo le había dado satisfacción a su alma no podía ya satisfacerla por completo.

De Diego no recibía noticias. ¿Sería demasiado tarde para hablar con él? ¿La seguiría amando? Ella lo amaría siempre, aunque él no lo supiera. Seguramente un amor así flotaría alrededor de toda la vida de él como una bendición invisible, no comprendida, pero sentida levemente, protegiéndolo del mal y cuidándolo de todo daño.

Leticia estiró los brazos como si quisiera un abrazo. Gaspar se refugió contras sus tobillos y ronroneó. Levantó en brazos a su viejo gato.

Capítulo 13

Llegó clara y súbitamente por el aire en un atardecer de verano. Una llamada tan vieja: dos notas altas y una larga, suave, más baja. Leticia, que soñaba junto a su ventana, la oyó y se levantó, pálida de pronto. Seguramente seguía soñando. Diego estaba a kilómetros de distancia. Sí, lo había soñado, se lo había imaginado.

Volvió a oírlo. Leticia supo que Diego estaba allí, esperándola, llamándola. Ella bajó despacio, salió y cruzó el jardín. Claro que Diego estaba allí. Parecía la cosa más natural del mundo, así que tendió las manos y lo atrajo hacia sí, sin un saludo convencional. Y habló como si no hubiera pasado un año, como si no hubiera recuerdos entre ellos.

—No me digas que no me amas, Leticia. —Los ojos de él se encontraron por un momento con el brillo de los de ella.

Por más que queramos disfrazar la verdad, cuando una pareja vuelve a encontrarse después de una separación siempre hay frialdad en menor o mayor grado. Ninguno de los dos encuentra al otro igual. Esto es natural e inevitable. ¿Cuál de nosotros puede reprimir un leve sentimiento de asombrada decepción cuando nos damos cuenta de que nuestro esposo no es y no puede ser y nunca más será igual que antes? Incluso cuando el cambio pudo haber sido para mejor.

Leticia sintió esto cuando vio a Diego. Él no sentía lo mismo.

Leticia era siempre muy honesta consigo misma y nunca había tratado de cerrar los ojos a la verdad de que Diego significaba más para ella que cualquier otra persona en el mundo, pero

¿qué significaba ella para él? Estaba en bancarrota de esperanza y fe. «No permitas que un sentimiento negativo te llene el alma de neblina», se decía para sí misma.

Los dos pensaban igual, con sorpresa, con celos y alegría, que también el otro había pasado la prueba, el tiempo y la distancia. El tiempo transcurrido sin que se hubiesen visto, aunque hubiesen pensado el uno en el otro cada día, a cada hora, no había podido con ninguno de los dos. «Hemos resistido», pensó Diego.

Los dos sentían que el tiempo de espera de los últimos meses les había dado fuerzas para vivir. Leticia sabía que tenían que hablar y Diego era consciente de que aquel momento llegaría algún día. Se estuvieron examinando durante largos minutos sin decir palabra.

Durante el primer año te das cuenta de que ya no eres el mismo, como si tu ritmo de vida hubiese cambiado. Algo te quema por dentro, tu corazón late de otra forma y, al mismo tiempo, todo te da igual, y eso dura meses. Luego llega un momento en que empiezas a no comprender lo que ocurre a tu alrededor.

—Cuando te fuiste —comenzó Diego en tono amistoso, como si lo más importante ya se hubiera dicho y no quedara por delante más que una charla placentera—, creí durante un tiempo que volverías. Te disculpo porque sé que necesitabas tiempo para ti más que cualquier otra cosa. No comprendía por qué te habías ido, pero lo acepté porque sabía que tendrías tus razones. Sabía que soportabas todo con mayor dificultad. Lo que de verdad es importante no lo olvidas nunca, de esto me di cuenta más tarde. Desde hace algún tiempo solo me acuerdo de lo esencial; por ejemplo, de nuestra casa.

—¿De nuestra casa? —repitió Leticia mirando al frente.

—Resulta que después de un tiempo te das cuenta de que algunos acontecimientos, por más importantes que hayan parecido, no te han cambiado absolutamente en nada. Un día, sin embargo, te acuerdas de la sala cuando cenábamos allí, cuando éramos tres.

—Te acuerdas hasta de los menores detalles —comentó Leticia.

—Me acuerdo de todo.

—Claro, los detalles son a veces muy importantes, dejan todo bien atado. En eso pensaba cuando llovía —dijo Leticia, como si quisiera hablar de otra cosa—. Al llover, en el apartamento no se siente que golpea en el techo. Me acuerdo de cuando en nuestra casa quería leer, pero no podía. La lluvia penetraba de alguna manera en el libro, no de una manera literal, pero sí real. No era capaz de seguir leyendo, solo de escuchar el sonido de la lluvia.

Están comiendo una carne hecha con mucha dedicación, absortos en la masticación, con la actitud de personas para quienes comer supone solamente alimentarse. Como ya han comido y bebido, han olvidado los primeros momentos de su encuentro. La habitación se ha caldeado y la brisa nocturna del verano levanta las cortinas blancas de la ventana entreabierta.

—Podríamos tomarnos una cerveza —propuso Diego.

En ese momento, una ráfaga de viento abre las ventanas de par en par. Las cortinas blancas comienzan a moverse, el cielo se ilumina por un instante y un rayo amarillo corta la oscuridad de la noche. De repente todo se oscurece. Diego se acerca a la ventana para cerrarla, buscando y palpando en la oscuridad. Se da cuenta de que toda la ciudad se ha quedado a oscuras.

Leticia jamás se ha sentido tan lejos de Diego. Reconoce con un sentimiento que es casi de terror todo lo que ha cambiado él en este año de ausencia.

Siguen sentados sin decir palabra, en la oscuridad, y los ilumina en forma tenue la luz de una vela que había prendido Diego. Sentados, miran el paisaje oscurecido a través de la ventana. Diego acerca una mesa pequeña y pone encima los vasos con cerveza.

Capítulo 14

—Viviremos muchos años —dijo Diego sin darle más vueltas—. Tú también lo sabes. Has tenido tiempo para pensar en ello acá, en tu casa de la capital. En un año has pensado en ello, ¿verdad? Sin embargo, me has estado esperando porque no has podido hacer otra cosa y yo he vuelto por el mismo motivo. Los dos sabíamos que nos volveríamos a ver y que con ello se acabaría todo. Se acabaría todo lo que hasta ahora ha llenado nuestras vidas de contenido y de tensión, porque lo que se interpone entre nosotros tiene una fuerza peculiar. Te obliga a seguir viviendo. Voy a contarte lo que he experimentado en la soledad durante este año mientras tú estabas acá, en la capital. La soledad también es un estado muy peculiar. Conozco todas sus variantes: el aburrimiento que en vano intentas hacer desaparecer con la ayuda de un orden de vida organizado, las crisis inesperadas... La soledad es un lugar lleno de secretos. Uno vive deprimido y de repente se vuelve loco. Y un día lo dejamos todo y echamos a correr. Empiezas una carrera por el mundo, con los ojos fijos en la nada, y los compañeros y los amigos de antes se apartan de nuestro camino, y encontramos peleas en todas partes. Esto no es lo peor. Puede que nos estrellemos contra un muro, que choquemos con los miles de obstáculos que nos presenta la vida, pero lo peor es cuando intentamos ahogar dentro de nosotros las emociones que la soledad ha generado en nuestras almas. ¿Qué hacemos entonces? Vivir, esperar, mantener el orden a nuestro alrededor. Las personas que entregan el alma a su destino solo esperan. Esperan el día o la hora en que puedan dilucidar todo lo que les ha conducido a la soledad con las personas que son responsables de ello. Un hombre así se prepara para ese momento, ese día llega sin que lo llamemos. ¿Tú también lo crees? —preguntó Diego.

—Totalmente —respondió Leticia mirándolo.

—Me alegro de que pienses igual —dijo Diego—. Esa espera es lo que lo mantiene a uno. Claro que también tiene sus límites, como todo en la vida. Si no hubiera estado seguro de que me estabas esperando acá, en tu casa de la capital, yo mismo habría ido a buscarte donde estuvieras. Fuera como fuese, te habría encontrado donde estuvieras. Parece que uno siempre está seguro de todo lo que le importa de verdad. No intentaba apresurar este momento. Quería esperarlo de la misma manera que uno espera el orden y el tiempo de cada cosa. Ahora ha llegado.

—¿Qué quieres decir con todo esto? —preguntó Leticia—. Me fui, y tenía derecho a hacerlo, tenía mis razones. Es cierto que me fui de repente. Seguramente pensaste y supiste que no había podido hacer otra cosa, que me sentí obligada a obrar así.

—¿Que no pudiste hacer otra cosa? —preguntó Diego levantando la cabeza—. De eso se trata precisamente. Eso es lo que me ha dado que pensar desde hace mucho tiempo.

Leticia no responde y Diego continúa.

—A veces pienso en cómo comenzó todo. Dicen que es un proceso natural. Uno se acuerda del principio. Recuerdo el momento en que te vi por primera vez, el momento en que te presenté a mi familia, cuando nos fuimos a vivir juntos, cuando me dijiste que íbamos a ser padres. ¿Te acuerdas de todos estos momentos? Voy a contártelo todo. Intentaré seguir algún orden. No te inquietes, no tienes por qué dormir conmigo si no quieres. Quiero decir que quizás no estarías cómoda si tuvieras que dormir conmigo. Sin embargo, si quieres puedo irme esta noche —dijo en tono indiferente, como si hablara de un asunto sin importancia—. Como tú quieras. Me iría a algún hotel de la capital y por la mañana me iré a casa, pero primero escúchame.

—Te escucho —respondió Leticia.

—Te lo agradezco —contestó más animado Diego—. Podríamos hablar también de otros asuntos, pero nosotros, ya que estamos aquí, solo hablaremos de la verdad. Vivíamos felices. A veces por la noche veo ese instante con absoluta nitidez, como veo también todos los días los momentos verdaderamente importantes. Tú lo sabes. Perdóname si es incómodo para ti todo lo que te estoy contando —añadió con tono reservado, casi cálido.

—No lo es —respondió Leticia.

—Estaría bien saber —prosiguió Diego— si de verdad existe el amor. No me refiero al placer momentáneo que sienten dos personas que se encuentran por casualidad o a la alegría que desencadena porque en un momento dado de la vida comparten las mismas ideas acerca de ciertas cuestiones. Eso todavía no es amor. A veces pienso que el amor verdadero es la relación más intensa de la vida y que por eso se presenta en tan pocas ocasiones. ¿Qué se esconde detrás del amor? Se trata de una palabra cuyo contenido no puede ser suficiente para que dos personas se mantengan unidas incluso en las situaciones más adversas, ayudándose y apoyándose de por vida. ¿O es otra cosa? En mi soledad, al tratar de comprender los múltiples aspectos de la vida, ya que no tenía otra cosa que hacer, me di cuenta de que el amor es la relación entre dos personas que deciden ser amigos, compañeros, buenos amantes, que a pesar de los problemas se eligen día tras día para seguir caminando juntos en el camino de la vida. En el fondo de todo amor, de todo cariño, de toda relación humana, hay una gran amistad. La amistad es la relación más noble que puede haber entre los seres humanos. Al igual que el enamorado, el amigo no espera ninguna recompensa por sus sentimientos, no idealiza a la persona que ha elegido como amigo, ya que conoce sus defectos y la acepta así, con todas sus consecuencias. Esto sería el ideal. Y si un amigo se equivoca, ¿podemos echarle la culpa de ello por su carácter, por sus debilidades? ¿Qué valor tiene una amistad si solo amamos a las personas por sus virtudes, su fidelidad, su firmeza? No es que cuando uno da más, menos espera a cambio. Este tipo de cuestiones me ha ocupado desde que me quedé solo. Por supuesto que la soledad no me ha dado la menor respuesta. El tiempo iba pasando y los recuerdos se acumulaban y se volvían cada vez más coherentes. Por eso no tengo ningún derecho a exigir la verdad.

—¿Estás seguro de que no quieres saber mi verdad? —preguntó Leticia.

Los dos permanecen callados durante un tiempo.

—No estoy seguro del todo —respondió Diego—. Por eso estoy aquí. De eso mismo estamos hablando. Desde luego, existe la verdad de los hechos. Ocurrió esto y lo otro. De tal y cual manera. En tal y cual momento. Los hechos hablan por sí solos, como suele decirse. Sin embargo, a veces los hechos son solamente consecuencias lamentables de otros hechos. Una acción en sí no representa la verdad. Solo es una consecuencia. Es fácil comprender el hecho de tu huida, pero no los motivos. Solamente tú puedes darme la respuesta —dijo Diego.

—Hablas de huida —contestó Leticia—. Es una palabra dura. Al fin y al cabo, yo no debo nada a nadie como para huir —dijo con seriedad. Sin embargo, el temblor de su voz delataba la emoción que le generaba la conversación.

—Es posible que sea una palabra dura —reconoció Diego—. Sin embargo, si ves todo lo ocurrido desde la lejanía, tienes que reconocer que es difícil encontrar una palabra menos dura. Es que de alguna manera no podía caer en la realidad, no podía creer que la persona con quien había pasado parte de mi vida hubiese huido. Hubiese aceptado cualquier cosa como excusa, como explicación. Te fuiste.

Ha llegado la noche. Se inclina por encima de la pequeña mesa que hay entre los dos, se sirve un vaso de cerveza, toma un sorbo satisfecho y vuelve a poner el vaso sobre la mesa.

Capítulo 15

—Te sigo amando con todo mi corazón. Solo necesitaba tiempo para sanar el dolor tan grande que tenía dentro de mí —continuó Leticia al ver que Diego no reaccionaba, no daba indicios de haber oído ni movía la mano ni parpadeaba . Es la mayor tragedia con que el destino puede castigar a una persona. El deseo de que las cosas sean diferentes, de que no haya pasado lo que pasó. No puede latir otro deseo más doloroso en el corazón. Porque la vida no se puede soportar de otra manera que sabiendo que nos conformamos con lo que tenemos, agradecemos y seguimos para adelante. Tenemos que conformarnos con lo que tenemos y ser conscientes de que, a cambio de esta sabiduría, no recibiremos ningún premio de la vida. Tenemos que soportar que nuestros deseos no siempre tengan repercusión en el mundo, soportar que las personas que amamos no siempre nos amen, o que no nos amen como nos gustaría. Pero tú no has podido soportarlo —dijo en voz baja.

Se calla y mira al vacío con sus ojos llorosos. Y prosigue:

—Claro que cuando todavía éramos novios no sabíamos nada de esto. Era un tiempo maravilloso, una época mágica. Dos locos enamorados, y eso es un gran regalo de la vida. Agradezco al destino el haberlo disfrutado. El que busca la verdad tiene que empezar buscando dentro de sí. Quizás yo misma fuera responsable, ya que no te conocía lo suficiente. Me conformaba con que no me enseñaras todo lo tuyo, admiraba tu inteligencia. Luego ocurrieron muchas cosas, como que no me pudieras perdonar y que nuestra relación se había deteriorado. Tengo que saber si se deterioró de verdad y a causa de qué o de quién. Porque éramos diferentes, pero estábamos unidos. Yo soy diferente a ti, pero nos complementábamos bien. Formábamos una hermosa pareja. Nosotros éramos una gran pareja —dijo en voz muy alta—. Entérate de una vez, por si todavía no lo sabes. Claro que lo sabes. Y ahora tengo que decirte algo de lo que he tardado en darme cuenta, porque no me lo creía y lo negaba ante mí misma. Tengo que hacerte una revelación: tú y yo seguimos siendo una gran pareja. Parece que ninguna fuerza exterior puede modificar nuestra relación. Aquel día fue por lo menos tan largo y tan intenso: lo transcurrido por la mañana, cuando yo esperaba inmóvil que pasara algo, que dijeras algo. Me miraste a los ojos con tanta atención y determinación como si fuera más importante que tu propia vida el saber lo que yo estaba pensando. Me seguiste mirando un rato, sin decir palabra, con ojos llorosos. Fue el peor día de mi vida. Podías haber dicho algo aquella mañana, pero no dijiste nada. Como si no hubiéramos estado juntos —dijo, y su voz resonó a la satisfacción propia de las personas que han contado algo con exactitud, que han sabido agrupar sus ideas y pensamientos de una manera clara y concisa.

—Cuando te fuiste, Leticia —empezó a decir Diego—, yo me quedé solo en la habitación. Te habías olvidado el cuaderno rojo que en la tapa, con letras doradas, decía «Mi ángel» en el cajón del escritorio. Así que abrí el cuaderno, lo hojeé y empecé a leer. Me sorprendió que escribieras un cuaderno así. «No tiene nada que ver con esto», pensé. Sin embargo, el cuaderno me decía cosas. Mientras estaba en la habitación con el cuaderno en la mano, comprendí de repente que el cuaderno era una señal. Comprendí otro detalle, aunque de una manera un tanto confusa: las cosas empezaron a hablarme aquel día, ocurrió algo, la vida se dirigió a mí, así que empecé a prestar más atención. La vida nos habla de mil maneras distintas en días así, y todo sucede para llamar nuestra atención, cada señal, cada imagen; lo único que falta es comprenderlas. Comprendí además que el cuaderno era una señal y una respuesta. El cuaderno me decía: Leticia no está contenta aquí, desea irse. Está tratando de sanar pensando a lo lejos, o sea, que desea conocer otros mundos, aparte de este. Quizás esté deseando huir de aquí o huir de alguien, y puede que ese alguien sea yo. Está claro como la luz del día. Comprendí y pensé lo que había ocurrido aquel día, que mi vida se había partido en dos. A un lado habían quedado la infancia, la juventud, tú con todo lo que la vida pasada significaba; y al otro lado empezaba el espacio poco definido que me tocaría recorrer el resto de mi vida. Y las dos partes de mi vida ya no estaban unidas. ¿Qué había ocurrido? No sabía qué responder. Te conocía bien a ti y me conocía bien a mí mismo, o por lo menos eso creía en aquellos momentos. La vida de nosotros, el noviazgo y el matrimonio, nuestra amistad... Todo me parecía un libro abierto, un mundo limpio, transparente. Lo sabíamos todo el uno del otro. Luego de casarnos, habíamos acordado que me contarías todos tus pensamientos, todos tus sentimientos, todos tus deseos. Nuestra relación tenía total confianza.

Cierra los ojos, se queda así durante un rato, con el rostro sin expresión. Como si estuviera buscando una palabra.

—El cuaderno siempre estaba lleno de cosas que me sorprendían desde el primer día. Describías lo que no te gustaba de mí: mi manera de acercarme a la gente, mi excesiva seguridad...

No hallabas en mí humildad. Era verdad; la vida se me presentaba en todo su esplendor, tenía treinta y cuatro años y amaba la vida. Ahora que miro atrás, yo mismo me siento un tanto asqueado de una felicidad tan autocomplaciente y egoísta. Todo era demasiado hermoso, demasiado redondo, demasiado perfecto. Uno siempre teme tanta felicidad ordenada. Decidí entonces buscarte para hablar contigo, sin caer en la cuenta de que, te preguntara lo que te preguntase y me respondieras lo que me respondieses, los hechos no cambiarían. Lo que faltaba por saber no me lo podías responder. Faltaba por saber por qué había ocurrido todo y qué culpa tenía yo en todo aquello —dijo en voz muy baja, interrogativa e indecisa. Se aprecia por su tono que es la primera vez que pronuncia en voz alta la pregunta y a la que todavía no ha encontrado respuesta.

Capítulo 16

El paisaje estaba a oscuras al otro lado de la ventana y no se veía ninguna luz ni el menor destello en la noche.

—Porque en la vida de un hombre no solamente ocurren las cosas —dijo Diego con mayor decisión—. Uno también construye lo que le ocurre, lo invoca, no deja escapar lo que tiene que ocurrir. Es como si se mantuviera unido a su destino. Había encontrado una mujer a quien amar y a su lado no me sentía completamente solo porque éramos dos personas distintas, de distintos temperamentos. Y me di cuenta de otra cosa: los sentimientos que me unían a ti eran la nostalgia y la esperanza, porque siempre amamos y buscamos a la persona diferente en todas las situaciones y en todas las variantes de la vida. Cuánta esperanza ciega se esconde detrás de las diferencias. Puedes tenerlo todo en la vida, puedes vencerlo todo a tu alrededor y en el mundo, todo te lo puede dar la vida y todo te lo puede arrebatar, pero nunca podrás cambiar a la persona en concreto, esa personalidad, esa cualidad de ser propia y distinta que caracteriza a la persona que te importa, a la persona que amas.

Se echa en el sillón hacia atrás y apoya la cabeza como quien acaba de comprender algo: que no se puede hacer nada, que a veces las cosas pasan sin ninguna explicación porque así es la vida.

—A veces veo su rostro en sueños o al entrar en una habitación. Y ahora que estamos hablando de él nosotros dos, que lo conocimos bien, veo su rostro con absoluta nitidez.

Diego mira la luna a través de la ventana.

—Así éramos, con distintos temperamentos —prosiguió—. Poco a poco comprendí una parte de lo que había ocurrido. Si miramos dentro de nuestros corazones, ¿qué es lo que encontramos? Pasiones que el tiempo solo ha conseguido atenuar, pero no apagar. Los dos luchamos contra el recuerdo de alguien que ya no existe y, sin embargo, está vivo en nuestros corazones.

—Tienes razón —reconoce Leticia. Estas últimas palabras las ha dicho en voz baja, y Diego se inclina hacia adelante para escucharla bien.

En el jardín, entre los árboles, corre la brisa del alba. La habitación está casi a oscuras.

—Más tarde, todo pasa. Pasa de una manera incomprensible, no de un día para otro, pero al final pasa, de la misma manera que la vida. Fui a nuestra habitación y allí me quedé, esperándote, para que me dijeras la verdad y así perdonarte... Bueno, esperaba algo. Quizás fuera infantil. Ahora que miro hacia atrás, ahora que intento juzgarme a mí, me doy cuenta de que aquella espera y aquel aislamiento eran infantiles, pero, en fin, así soy. Incluso siendo inteligente, pude hacer muy poco en contra de mi naturaleza y mis obsesiones, así que ya lo sabes tú también. Somos capaces de conformarnos con cualquier cosa. Hay dos tipos de personas: las que se marchan y se alejan de las personas, o de las personas que aman, aterrorizadas; y las que se quedan, callan y esperan una respuesta durante un año. No es cobardía, es una defensa del instinto humano por sobrevivir. Estuve esperando una señal, una llamada, durante un año, pero no vino. Así soy por naturaleza, así me educaron, así ocurrió todo. Si me hubieses mandado un mensaje, cualquier mensaje, se habría cumplido tu voluntad. Esta tarde lo vi mientras arreglaba las cosas para venir, lo vi en el porche.Vi imágenes de los viejos tiempos y comprendí lo que ya acepté hace mucho tiempo con el corazón. ¿Qué más puedo decir? Solo quedan los recuerdos. Todavía hay algo vivo en mi corazón, un recuerdo, algo poco definido, y llega un día en que ya no tendrá tanta importancia para ti saber la verdad ni responder a la verdad como creíste durante un tiempo. Uno acepta al mundo poco a poco. Más tarde, cuando me enteré de muchas cosas por el cuaderno, lo comprendí y acepté todo.

Capítulo 17

La habitación ha quedado fría a su alrededor. Todavía no empieza a aclarar. Sienten el aire fresco de la madrugada por las ventanas medio abiertas. Ahora, en las penumbras de esta media hora que precede al alba, los dos parecen cansados.

Leticia mueve la mano de repente, de manera mecánica, y mira el reloj de pulsera.

—Creo —dijo Diego en voz muy baja— que ya hemos aclarado todo. Es hora de que me vaya.

—Si quieres irte —respondió muy cortés Leticia—, puedo pedir un taxi.

Se levantan los dos con un movimiento reflejo.

La noche se ha puesto fría de repente y la tormenta, que ha apagado las luces de la ciudad, ha pasado.

—Regresarás a tu casa —dijo Leticia, como si estuviera hablando para sí.

—Sí —respondió Diego.

—Claro —agregó Leticia—. ¿No quieres quedarte un día más? ¿Ver algo? ¿Encontrarte con alguien? —preguntó servicial.

Su voz suena insegura, como si estuviera buscando las palabras exactas para despedirse sin encontrarlas.

Diego está tranquilo y responde, también servicial y con educación:

—No. No quiero ver a nadie ni nada.

Se acercan a la puerta, el uno frente al otro, listos para la despedida. Los dos miran a su alrededor en la habitación.

—Las velas —advirtió Leticia—. Mira, las velas se han consumido.

Diego mira hacia la mesa observando las velas.

—Una pregunta —comentó Leticia sin soltar el picaporte—. Quisiera que me dijeras… —continuó muy bajo, como si temiera que alguien estuviera a sus espaldas escuchando sus palabras—. ¿Crees que podremos volver a ser felices juntos?

—¿Por qué me lo preguntas? —dijo Diego con calma—. Sabes que sí.

Se miran. Se dan un beso. Es un beso extraño, breve y peculiar. Si alguien los observara, seguramente sonreiría, pero, como cada beso, es también una respuesta, a su manera tierna, a una pregunta que no se puede formular con palabras.

Sobre la autora

Viviana Echenique nació en Tacuarembó (Uruguay) en 1986. Es licenciada en Neumocardiología y Enfermería. En la actualidad reside y trabaja en Montevideo. *Desconectados* es la continuación de su primera novela, *Sombras del pasado,* que fue publicada en 2022.

www.ingramcontent.com/pod-product-compliance
Lightning Source LLC
La Vergne TN
LVHW041232150826
845673LV00008B/2369
9788419827326